MiLO

imagina el mundo

Milo

imagina el mundo

putnam

G. P. Putnam's Sons

palabras de **Matt de la Peña**

autor premiado con la Medalla Newbery

ilustraciones de **Christian Robinson**

ilustrador premiado con el Honor Caldecott

traducción de Yanitzia Canetti

Lo que comienza como un resplandor lento y distante,
crece y crece
hasta convertirse en un tren cansado que traquetea por las vías.
Una fría ráfaga de viento se transforma en un chirrido de acero,
y cuando las puertas se abren, Milo sube a bordo.

El tren vuelve a ponerse en marcha
mientras él y su hermana se apretujan en los asientos.
El hombre de bigotes al lado de Milo tiene cara de concentrado.
El hombre de negocios tiene un rostro solitario y la mirada perdida.

La mujer vestida de novia que está cerca de la puerta del fondo
tiene un rostro radiante,
mientras que al perro que se asoma de su bolso no se le ve la cara,

Estos viajes mensuales en el metro de domingo
son interminables y, como de costumbre, Milo es una olla de presión.
La emoción se apila sobre su preocupación,
sobre su confusión,
sobre su amor.
Para evitar estallar, él estudia los rostros
que lo rodean y hace dibujos de sus vidas.

En una parada local del centro, el hombre de bigotes dobla su crucigrama y se apresura a bajar del tren.

Milo se lo imagina caminando con dificultad
a través de montones de nieve sucia.
Es una subida de cinco pisos
hasta su desordenado apartamento,
donde lo reciben gatos maullando
y ratas excavando.

Los periquitos entonan trinos de nostalgia
mientras el hombre sorbe una sopa tibia
encorvado sobre un juego de solitario.

Más tarde esa noche,
la jaula de los periquitos
se abre misteriosamente
y los gatos se reúnen en el frío marco de la ventana
para ver a los pájaros volar libres sobre la ciudad.

Milo tira de la manga de su hermana y alza su dibujo.

Pero incluso cuando ella se gira para mirar, él se da cuenta de que ella no ve nada.

Un chico vestido de traje sube al tren con su papá.
Su cabello está peinado con una raya perfecta, y no hay un solo rasguño
en sus relucientes *Nikes* blancos.

Milo imagina el traca-traca-traca
del carruaje tirado por caballos
que lo llevará a su castillo.

Imagina el clin-clin-clin de los guardias
bajando lentamente el puente levadizo.

Al otro lado de un foso hecho por humanos,
el niño es recibido por un mayordomo,
dos doncellas y un chef *gourmet*
que le ofrece cuadraditos
de sándwich sin corteza.

Milo pasa a una página nueva en una bulliciosa parada a mitad de la ciudad.
Cuando la mujer vestida de novia se baja del tren,
una banda de artistas callejeros arrancan con *Aquí viene la novia*,
y todos en el andén se detienen y aplauden.

Milo imagina
la gran ceremonia en la catedral
donde la pareja será declarada
marido y mujer.

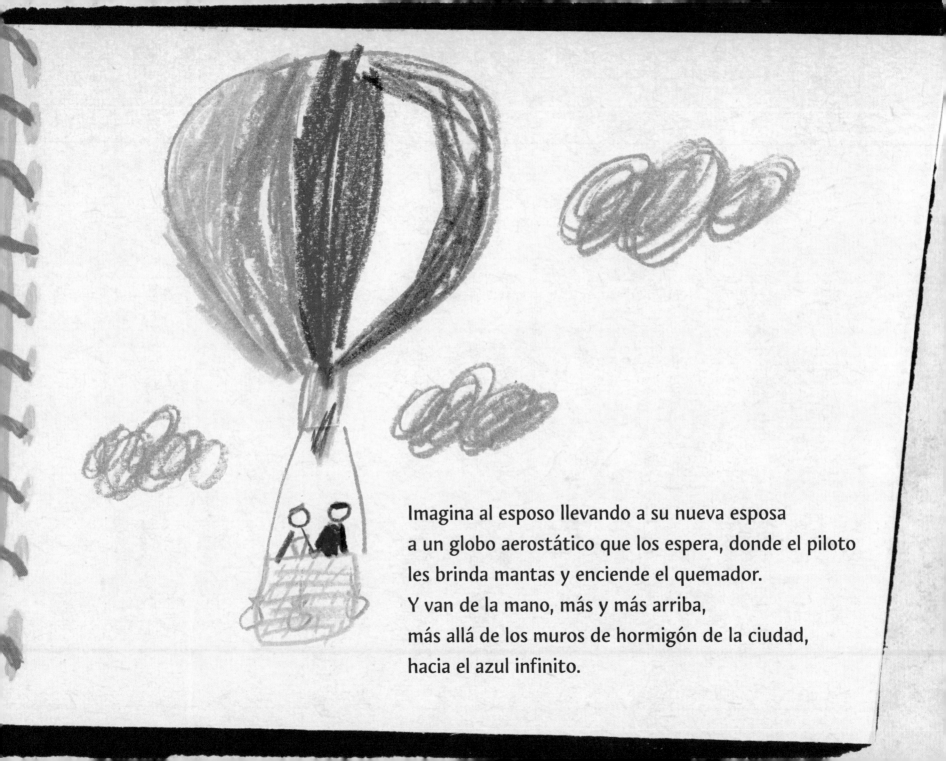

Imagina al esposo llevando a su nueva esposa
a un globo aerostático que los espera, donde el piloto
les brinda mantas y enciende el quemador.
Y van de la mano, más y más arriba,
más allá de los muros de hormigón de la ciudad,
hacia el azul infinito.

Milo también alza este dibujo,
pero su hermana lo aparta.
«¿No ves que estoy jugando?»

Él observa cómo los pulgares de ella
golpean la pantalla manchada
y luego se gira hacia el chico del traje.

Se miran a los ojos
por unos largos segundos y, de repente,
se siente como si las paredes
se cerraran alrededor de Milo.

El hechizo se rompe cuando un grupo de bailarinas callejeras
sube al tren y anuncia: «¿Están listos para un espectáculo?».
Varias caras curiosas alzan la mirada mientras baja el ritmo.
Y ahora las chicas están subiendo por las paredes,

girando alrededor de las barras,
haciendo volteretas hacia atrás sobre bolsas de compras.
Cuando el tren se detiene en la siguiente parada,
recogen unos dólares y se apresuran a buscar otro vagón.

Milo las imagina yendo de tren en tren,
haciendo su acto mientras todo el mundo las mira.

Pero incluso después de terminar sus espectáculos,
las miradas siguen cada uno de sus movimientos.
Cuando caminan por los pasillos
de equipos electrónicos
en las grandes tiendas.

Cuando pasan por la zona elegante.

A Milo no le gusta mucho este dibujo,
así que guarda su libreta y se gira
hacia su reflejo en la ventana.

¿Qué imagina la gente
cuando ve *su* rostro?

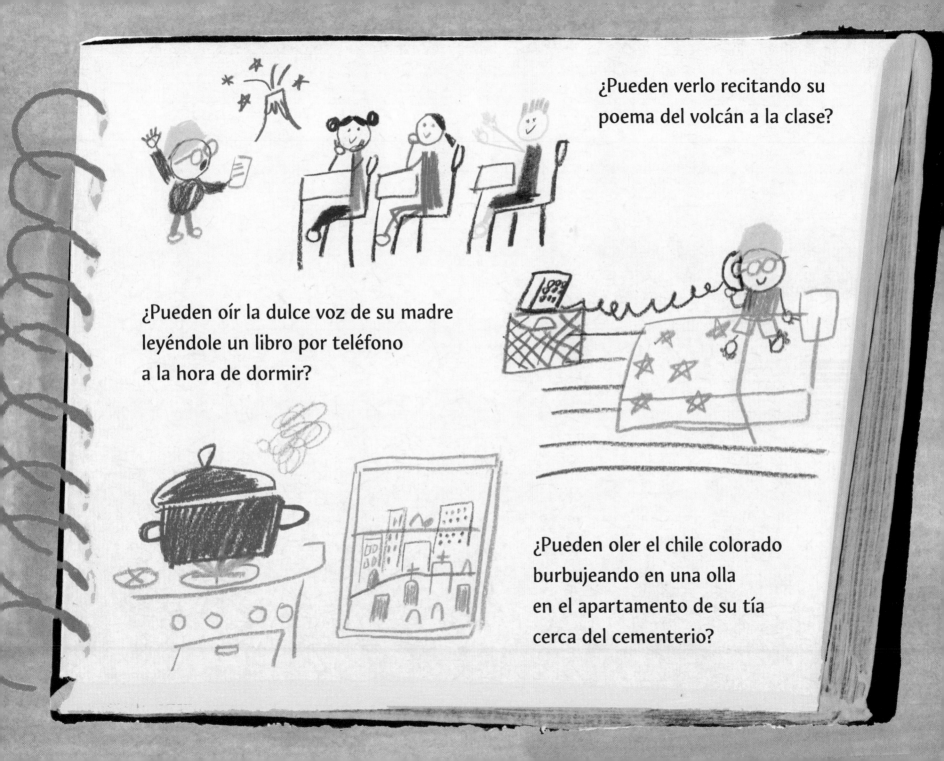

¿Pueden verlo recitando su
poema del volcán a la clase?

¿Pueden oír la dulce voz de su madre
leyéndole un libro por teléfono
a la hora de dormir?

¿Pueden oler el chile colorado
burbujeando en una olla
en el apartamento de su tía
cerca del cementerio?

Mariposas se revolotean en el estómago de Milo
cuando finalmente llega su parada.
Sigue a su hermana por el andén de la fría estación
y sube las escaleras.

Una vez afuera, se sorprende al ver
al chico del traje unos pasos más adelante.

Se sorprende aún más cuando el chico se forma en la larga fila
para pasar por el detector de metal.
La hermana de Milo se agacha de repente para darle un abrazo.
«No era mi intención hablarte feo», dice.
Ella toma su mano y agrega: «¿Tienes listo tu dibujo?».
Él asiente, sintiendo el calor de los dedos de su hermana.

Mientras avanzan lentamente,
Milo estudia al chico del traje,
su padre frota sus delgados hombros.
Y un pensamiento cruza por su mente:
puede que no conozcas a alguien
con solo mirar su cara.

Milo intenta imaginar de nuevo todos los dibujos
que hizo en el tren.
Tal vez podría haber hecho este así.

O este así.

O este así.

El pecho de Milo se llena de emoción
cuando ve a su madre en la multitud.

Su hermana se apresura a darle un abrazo a su madre
antes de jalar a Milo también.
Y es en esta apretada maraña de brazos familiares
donde se siente más vivo.

Cuando se separan, Milo hojea su libreta
hasta que encuentra el dibujo correcto.
«Hice esto para ti», dice, sosteniéndolo en alto.
Y espera ver que una sonrisa se extienda
por el rostro de su madre.

Para Miguel de la Peña.
Y para quienes se atrevan a imaginar
más allá de la primera impresión —M. de la P.

Para los niños, y para el niño que llevamos dentro,
que se ven a sí mismos en este libro —C. R.

G. P. PUTNAM'S SONS
An imprint of Penguin Random House LLC, New York

Text copyright © 2021 by Matt de la Peña
Illustrations copyright © 2021 by Christian Robinson
Translation copyright © 2021 by Penguin Random House LLC
First Spanish language edition, 2021
Original English title: *Milo Imagines the World*

G. P. Putnam's Sons is a registered trademark of Penguin Random House LLC.

Visit us online at penguinrandomhouse.com

Library of Congress Cataloging-in-Publication Data is available.

Manufactured in China by RR Donnelley Asia Printing Solutions Ltd.
ISBN 9780593354629
1   3   5   7   9   10   8   6   4   2

Design by Eileen Savage | Text set in Amrys
The art was created with acrylic paint, collage, and a bit of digital manipulation.